LES CÉLÉBRITÉS D'AUJOURD'HUI

Edouard Rod

PAR

FIRMIN ROZ

BIOGRAPHIE CRITIQUE
ILLUSTRÉE D'UN PORTRAIT-FRONTISPICE
ET D'UN AUTOGRAPHE
SUIVIE D'OPINIONS ET D'UNE BIBLIOGRAPHIE

PARIS
LIBRAIRIE *E. SANSOT & Cie* ÉDITEURS
53, RUE SAINT-ANDRÉ-DES-ARTS, 53

MCMVI

PORTRAIT DE M. EDOUARD ROD

LES CÉLÉBRITÉS D'AUJOURD'HUI

Edouard Rod

PAR

FIRMIN ROZ

BIOGRAPHIE CRITIQUE
ILLUSTRÉE D'UN PORTRAIT-FRONTISPICE
ET D'UN AUTOGRAPHE
SUIVIE D'OPINIONS ET D'UNE BIBLIOGRAPHIE

PARIS
LIBRAIRIE *E. SANSOT & Cie* ÉDITEURS
53, RUE SAINT-ANDRÉ-DES-ARTS, 53

MCMVI

IL A ÉTÉ TIRÉ DE CET OUVRAGE :

Cinq exemplaires sur Japon impérial, numérotés de 1 à 5 et dix exemplaires sur Hollande, numérotés de 6 à 15.

N°

EDOUARD ROD

Mr Edouard Rod n'avait guère que vingt ans quand il jeta son premier ouvrage dans la mêlée littéraire. Depuis un quart de siècle, il n'a cessé de produire : Romans, Nouvelles, Critique, des cours aux Universités de Genève et de Lausanne, des conférences, tout cela sans fièvre, de la tranquille allure d'une intelligence très souple, très active, toujours éveillée, qui guette, va, vient, explore, imagine, se repose de ses observations par ses réflexions et de ses réflexions par ses rêveries. A ce jeu-là, elle se prodigue sans s'épuiser, se ressaisit aussi aisément qu'elle se disperse, et, à mesure qu'elle se répand, se renouvelle. On se prend d'intérêt, puis de sympathie, à la regarder et à la suivre. Il n'y faut qu'un peu de curiosité et de loisir. Les lecteurs d'aujourd'hui n'en ont plus guère. Ils jettent de temps à autre, ici et là, un regard distrait, rapide, sur la cohue qui s'agite autour d'eux. Affairés, ils passent. Si beaucoup ont passé près de l'œuvre de M. Rod sans lui donner l'attention qu'elle mérite, mais qu'elle n'a jamais sollicitée par aucun artifice, nul auteur pourtant n'a une célébrité de meilleur aloi ni de lecteurs plus fidèles ; et les vingt-six années dont se compose à l'heure actuelle sa vie littéraire offrent un des plus beaux exemples d'une carrière d'homme de lettres contemporain.

I

L'Enfance, l'Éducation, les Débuts littéraires

Edouard Rod est né à Nyon, jolie petite ville du canton de Vaud, sur les bords du Lac Léman. Sa famille paternelle, originaire du Jorat Vaudois, avait joui autrefois d'une certaine prospérité ; mais depuis le commencement du siècle ou la fin du précédent elle se trouvait dans une assez pauvre situation. Le grand-père de l'écrivain était *régent*, c'est-à-dire maître d'école. Son père, qui avait commencé de même, renonça à l'enseignement en se mariant et s'établit comme libraire. L'existence eût été douce à ce paisible foyer, si la maladie ne s'y était pas de bonne heure installée. La jeune mère fut frappée d'une attaque de paralysie. Son fils lui tenait souvent compagnie et passait l'été avec elle, dans les villages où on l'envoyait pour profiter de l'air des champs, à Givrins, Duiller, Cigny, Saint-Cergues. Tous deux logeaient d'ordinaire chez des paysans et il n'est pas douteux que l'enfant se pénétra là d'impressions dont il devait plus tard faire usage. Cette première période de sa vie est trés importante à un autre égard encore : elle nous le montre déjà courbé, à l'heure des expansions joyeuses, sous la terrible loi de la douleur et de là mort. Car la mère laissa bientôt la maison en deuil. Un second mariage ne fut pas plus heureux : la maladie vint de nouveau imposer de pénibles et mélancoliques images à l'enfance du futur romancier.

Heureusement, la vie lui en présentait de plus riantes qui, après les années écoulées, lui restent douces encore. Il fit ses premières études dans une délicieuse école enfantine que nous décrit *Mademoiselle Annette* : des promenades au bord du lac remplaçaient le travail. Ensuite, il entra au collège de Nyon. A quinze ans, Edouard Rod alla continuer ses études au collège cantonal de

Lausanne. Dans la vieille ville académique, les étudiants organisés en Sociétés à la mode des universités allemandes, pratiquaient cette double camaraderie de l'étude et des honnêtes joyeusetés, qui convient si bien au caractère suisse et donne aux soirées de discussions et de beuveries une bonhomie familiale. Dès son entrée au Gymnase, il se fit recevoir dans l'Helvétia — casquette rouge et tendances radicales — d'où il se retira bientôt pour entrer plus tard dans la Société des Belles-Lettres, plus détachée des préoccupations politiques. Tandis qu'il y formait de solides amitiés, deux de ses maîtres se créaient des titres particuliers à sa reconnaissance : Georges Renard et Charles Secrétan. M. Georges Renard avait quitté l'Ecole normale à la suite des événements de la Commune, avant le terme de ses études et il était venu professer au collège de Vevey, puis au Gymnase et à l'Académie de Lausanne. Il consacra libéralement à Edouard Rod une grande part de son temps, lui témoigna une sollicitude que l'avenir, en transformant le disciple, ne lui a pas fait oublier.

M. Rod discerne nettement, à distance, l'influence qu'exerça sur lui Charles Secrétan. On sait avec quelle ardeur et quelle originalité ce penseur professa la philosophie à l'Académie, devenue ensuite Université, de Lausanne. Il était chrétien, mais sa critique ne connaissait aucune barrière ; son indépendance avait horreur de tous les fanatismes. Le cours de Droit naturel surtout fut, pour le jeune homme, rempli de révélations. Ce maître excellent témoigna lui aussi une extrême bienveillance à son élève, et M. Rod, passé maître à son tour, fut vivement touché, lors des premières conférences qu'il fit à Lausanne, de revoir la vénérable figure du « Philosophe » parmi celles de ses auditeurs.

De Lausanne, Edouard Rod se rendit à Bonn, où le professeur qu'il écouta avec le plus de plaisir fut le célèbre archéologue Reinhardt Kékilé ; de là, il passa à Berlin — d'où il revint wagnérien passionné — et enfin arriva à Paris. C'était pendant l'exposition de 1878. Il ne suivit aucun cours, du moins d'une façon régulière et il acheva d'y composer sa thèse sur *le Développement de la Légende d'Œdipe*, qu'il soutint l'année suivante devant la Faculté de Lausanne.

La soutenance attira quelques curieux dans le vieil auditoire de théologie. Le candidat avançait des propositions assez hardies et de plus il arrivait avec la réputation d'un début parisien dans les lettres. Il avait tenté, en effet, de se frayer un passage parmi les jeunes talents français et s'était jeté dans le mouvement réaliste. Il collaborait à la Revue réaliste et venait de publier une brochure

A propos de l'Assommoir, 1879.

M. Rod a conté dans un petit écrit, d'ailleurs fantaisiste (1), ses débuts à Paris. C'était le bon temps alors et il nous paraît déjà bien loin. Un heureux hasard lui fit rencontrer le jour même de son arrivée à Paris le dessinateur italien Bianco, qui le présenta à Nadar. Nadar fut pour le débutant d'une bonté incroyable ; il porta lui-même ses manuscrits dans les journaux et chez les éditeurs ; il introduisit Edouard Rod au *Parlement* et à la *Liberté*. Il lui fit passer de délicieuses journées dans sa propriété de Sénart, où le jeune homme rencontrait Alphonse Daudet, Félix Pyat et bien d'autres hommes de valeur aussi diverse que leurs talents ou leurs opinions. Mais il n'y connut personne qui fût meilleur, plus attachant, plus imprévu, plus pittoresque que ce dernier descendant d'une époque disparue à laquelle il survit encore.

Les relations et les amitiés se formaient jour à jour. Les jeunes écrivains des Soirées de Médan accueillaient leur cadet avec sympathie ; il entrait en relations avec Zola dont l'influence l'égara d'abord sur ses propres moyens ; Léon Hennique devait tirer avec lui une pièce de *Madeleine Férat ;*

(1) Illustration nationale suisse : *Mes Débuts dans les Lettres*, 21 décembre, 8 mars 1890.

Guy de Maupassant lui faisait donner au Gil Blas le compte rendu d'une représentation de la Trilogie wagnérienne à Munich. Ses amis les plus intimes de cette période furent Paul Margueritte, Emile Hennequin, mort d'accident à vingt-neuf ans, Harry Allis tué en duel en 1894, Gabriel Sarrazin qui n'a cessé de publier à longs intervalles de rares et beaux livres. Un des centres de réunion était aux bureaux de la *Revue littéraire et artistique* où collaboraient, sous la direction de Georges Lieussou, l'aimable secrétaire de rédaction Avonde, Ed. Deschaumes, Huysmans, Hennique, Paul Alexis, Albert Le Roy, etc. Tous ont gardé un charmant souvenir de ces rencontres dans le petit rez-de-chaussée de la rue Bleue. La Revue périt le jour où le directeur, qui était riche et en faisait les frais, renonça à l'entretenir.

Le *Parlement,* lui aussi, — et c'était plus grave — cessa de paraître. Fondé par Dufaure, dirigé par Ribot, il avait réuni, dans l'entresol de la rue Grange-Batelière, une brillante pléiade. Les rédacteurs — Jules Dietz, Bourget, Francis de Pressensé, André Michel, Ganderax, Elémir Bourges, Adolphe Aderer — virent s'ouvrir devant eux de nouvelles portes : Edouard Rod entra au bureau de l'étranger du *Temps*. A travers ces vicissitudes, le jeune auteur ne cessait de produire avec une activité infatigable : *Les Allemands à Paris*, 1880 ;

Palmyre Veulard, 1881 ; *Côte à Côte*, 1882 ; *La Chute de Miss Topsy*, 1882 ; *L'Autopsie du docteur Z.*, 1884 ; *La Femme d'Henri Vanneau*, 1884. Le talent de M. Rod a rompu avec cette première manière. Les livres de cette période ne représentent pas sa personnalité. Pourtant l'un d'eux du moins la laissait paraître. Guy de Maupassant ne s'y trompa point. Il formula son opinion, au-dessous d'un curieux croquis du jeune romancier, dans une de ses chroniques de début qu'il signait alors au Gil Blas du pseudonyme de Maufrigneuse. Le croquis d'abord. Il ne manque pas d'humour : « Pâle et triste à donner le spleen, maigre comme un séminariste, chevelu comme un barde, et regardant la vie avec des yeux désespérés, jugeant tout lamentable et désolant, imprégné de mélancolie allemande, de cette mélancolie rêveuse, poétique, sentimentale des peuples philosophants, dépaysé dans l'existence vive, rieuse, ironique et bataillante de Paris, Edouard Rod, un des familiers d'Emile Zola, erre par les rues avec des airs de désolation. » Et il portait ce jugement dont l'avenir a si largement justifié la louange finale : « Grandi parmi les protestants, il excelle à peindre leurs mœurs froides, leur sécheresse, leurs croyances étriquées, leurs allures prêcheuses. Comme Ferdinand Fabre racontant les prêtres de campagne, il semble se faire une spécialité de ces dissidents catholiques, et la vision si nette, si humaine, si précise, qu'il en donne dans son dernier livre *Côte-à-Côte*, révèle un romancier nouveau, d'une nature bien personnelle, d'un talent fouilleur et profond. » Mais si Edouard Rod a préféré laisser en dehors de son œuvre, depuis qu'elle a trouvé sa voie, les tâtonnements du début, il n'a jamais regretté d'avoir traversé l'école réaliste. Et sans doute, en effet, n'a-t-il pas lieu de le regretter. S'il avait, comme la plupart de ses compatriotes, un esprit enclin à l'abstraction, on peut supposer qu'il doit à son passage dans le réalisme le sens du concret et une tendance à porter son attention sur la vie plus que sur les idées. Peut-être même est-ce là l'origine de ses ardeurs « naturalistes » et de leurs excès : il est dans sa nature d'aimer toujours ce qui lui manque, ce qui est différent de lui, par contraste et dans l'espoir de s'élargir. Ce goût, qui atteste sa sincérité, ne doit pas déconcerter la critique. Il ne contrarie qu'en apparence l'unité d'une œuvre dans laquelle il n'est pourtant pas difficile de reconnaître des traits permanents. C'est cette unité que nous essaierons de dégager ; c'est avec ces traits permanents que nous voudrions esquisser la physionomie littéraire de M. Edouard Rod.

II

L'Intuitivisme et les Romans psychologiques

Le véritable début de M. Rod, le premier ouvrage où se dessine sa personnalité, c'est la *Course à la Mort*. Elle parut dans la Revue contemporaine que l'auteur venait de fonder avec Adrien Remacle. Les quelques numéros de cette Revue furent très remarqués. Elle cessa de paraître en 1886, moins de deux ans après sa fondation. Entre toutes les belles pages qu'elle avait publiées, la *Course à la Mort* avait particulièrement frappé les lecteurs de choix et surtout la jeunesse intellectuelle.

Le naturalisme avait détourné toute l'attention vers l'extérieur, vers l'apparence des choses et les gestes des êtres. Ceux qui se montraient le plus curieux de l'humanité ne dépassaient pas l'esprit scientifique, plus préoccupé encore du mécanisme des faits que de leur réalité profonde. L'analyse n'atteignait pas les sources vives de l'âme. Il y a quelque chose de plus fécond encore que l'étude positive des faits : c'est l'intuition des forces qui les produisent, le sens de leur mystérieux travail et des conflits où s'engagent leur déterminisme et notre liberté, l'angoisse des soumissions nécessaires, le frémissement des justes révoltes, le sentiment des responsabilités sacrées, des efforts à tenter, des défaites à comprendre, des possibles victoires. Il y a une inquiétude, supérieure à la curiosité, un *vouloir* efficace, plus précieux que le simple *savoir*. On s'en rendait enfin compte, vers le temps où M. Rod prit conscience de lui-même. Il s'était égaré, lui aussi, et rien n'est plus significatif que cette erreur, sinon le retour qui la suivit. Un goût vif des problèmes philosophiques, une intelligence très ouverte, une sensibilité profonde, un esprit d'analyse aiguisé encore par une extrême culture et l'habitude de la réflexion, défendaient le jeune écrivain contre les illusions où s'acharnaient quelques ouvriers de lettres, les uns sincèrement fourvoyés, les autres avides de passer par la brèche qu'avait ouverte un gros succès. Dans la préface des *Trois cœurs* (1890), M. Rod expliqua plus tard sa conversion : « Nous étions des esprits inquiets, épris d'infini, idéalistes, peu attentifs aux mœurs et qui, dans les choses, retrouvions toujours l'homme. » Sous diverses influences — dont nous suivrions assez clairement la trace à travers les *Etudes sur le XIXe siècle* écrites durant cette période et réunies en volume en 1888 — ils revenaient enfin à cette humanité que le naturalisme ne savait ni voir, ni comprendre, ni aimer et qui échappait aux formules pseudo-scientifiques du positivisme psychologique, si intéressant du moins et si louable en ses efforts. L'homme ! nous le sentons vivre et souffrir dans les hommes, balbutier à travers leurs paroles, aspirer à travers leurs efforts. Mais où l'atteindre enfin, où le voir face à face, où le saisir dans sa réalité vivante ? Nous le cherchons bien loin, alors qu'il est en nous. « Regarder en soi », voilà peut-être le secret ou tout au moins le principe de tout art profond, qui ne soit pas un artifice. Et qu'on ne dise point que ce sera de l'individualisme étroit, de l'impertinent égoïsme. Ce qu'il faut regarder en soi, ce n'est pas l'accident fortuit des jours, le défilé des petits faits personnels. Ce spectacle peut amuser des vanités complaisantes ; il n'a rien de commun avec l'intuition profonde où se fondera l'art vivant : « Regarder en soi, non pour se connaître et pour s'aimer, mais pour connaître et aimer les autres, chercher dans le microcosme de son cœur le jeu du cœur humain, partir de là, pour aller plus loin que soi, et parce qu'en soi, quoi qu'on dise, se réfléchit le monde. » C'est cette méthode que M. Rod appelait l'intuitivisme. Elle répondait à sa nature et aux circonstances. Elle était surtout, pour lui, une excellente méthode de travail. Elle lui donnait un point d'appui dans la seule expérience réelle qu'il eût acquise. Cette expérience, il n'aurait plus désormais qu'à l'élargir pour qu'avec le champ de sa vision s'étendît tout naturellement celui de son art. Une belle carrière commençait, qui devait se développer avec ampleur. Edouard Rod était dans sa voie et il allait l'attester en donnant les deux premiers livres où il fût vraiment lui-même : *La Course à la Mort* et *Le Sens de la Vie.*

Qu'allait donc découvrir le regard clairvoyant et hardi qui n'hésitait pas à se détourner des spectacles extérieurs pour explorer le secret de son propre cœur ? Lorsque le héros de la *Course à la Mort* se voit face à face, dans sa faiblesse et dans son doute, c'est pour lui le désespoir le plus découragé. Il aspire au néant. Seul le pessimisme de Schopenhauer satisfait sa pensée ; mais il aggrave son mal. L'intelligence trop aiguë, la sensibilité trop vive s'unissent pour dissoudre l'énergie et paralyser le vouloir. Rien ne peut rendre l'intensité de cette analyse. Nous voyons se désagréger cet être dont la pensée est lasse, le cœur malade, la volonté impuissante. Il glisse délicieusement dans la mort :

Il naufragar e dolce in questo mare.

Un mirage pourtant l'attire encore : il a la nostalgie de la passion. C'est qu'elle est aussi comme une mort. On se livre à elle sans réagir. Elle est le rêve chimérique et facile d'une expansion sans effort, d'un élargissement de nous-même par une autre action que la nôtre, d'une richesse créée en nous sans nous. Elle donne l'illusion de la vie intense aux énergies débiles... L'illusion seulement, car la passion n'est qu'une défaite. Aussitôt vaincu, l'être s'éveille. Il souffre d'avoir méconnu sa loi, qui est d'agir et de vaincre, d'opposer sa force réfléchie et volontaire aux résistances qui l'arrêtent ou la dévient. La conscience lui révèle son intime désastre. Vainement il s'emportera contre cette conscience qui le torture. Elle est un fait, comme la vie ; et contre ce fait rien ne peut prévaloir. Il détruit l'illusion même...

Mais où est la réalité ?

Enfermé en lui, contraint d'y rechercher sa loi, le héros de la *Course à la Mort* devait nécesssairement tourmenter le problème du *Sens de la Vie*. A travers les expériences de sa condition nouvelle, avec la responsabilité de l'existence qu'il a liée à la sienne et de celle qui est sortie de lui, il comprend d'abord, avant toutes choses, qu'il faut accepter la vie. Peu à peu il en entrevoit le sens. Mais que d'incertitudes encore ! L'exemple d'une simple vie, toute d'abnégation, de patience et de sainteté, lui révèle la pitié et l'incline à la religion de la souffrance. Hélas ! il n'a pas la foi, et il faudrait croire. Le voilà de nouveau rejeté vers « le droit sacré de l'individu ». La pensée de la mort le ramène au rêve de l'Infini. Mais il n'a pu vraiment s'oublier qu'auprès du berceau où la fièvre menaçait son enfant. L'altruisme l'attire, sans le gagner. La Foi le tente et lui demeure impossible...

Ce délicieux livre ne se peut pas conter. On voit assez quelle pensée s'en dégage. Bonne ou mauvaise, la vie est un fait, le fait suprême. Ceux qui la condamnent ont à la vivre, comme les autres. Le *vouloir-vivre* est au fond de toutes les consciences. La sagesse est sans doute de ne pas résister à cette universelle et irréductible impulsion, même si l'on n'en voit pas clairement le sens. Les plus intransigeants pessimistes, ceux qui auraient découvert que tout est mirage et mensonge, que notre plus intime instinct nous trompe et que le monde n'est que « l'énergie illusoire de Vishnou », ne devraient-ils pas respecter l'illusion suprême, laisser les hommes dupes de son prestige et s'efforcer de vivre eux-mêmes comme s'ils y croyaient encore ?...

L'œuvre ramenait l'attention vers les véritables réalités, vers les problèmes où se tournaient toutes les âmes. Elle avait de quoi nous séduire, si elle ne pouvait nous satisfaire. Le succès fut très vif. M. Rod a toujours été en communion très étroite avec son temps ; et il me souvient de l'émotion attentive, de l'avidité passionnée avec lesquelles nous lûmes, au commencement de 1888, ce livre que, même d'auteur inconnu, nous eussions sans doute acheté sur son titre. Le sens de la vie ! Comme ces mots sonnaient magiquement pour nous, à cet âge et à cette date ! Nos vingt ans pensifs se trouvaient fort désemparés. L'excitation féconde des libres esprits qui étaient nos maîtres, nos causeries, nos lectures, nos premiers soirs de méditation et de songe nous avaient éveillés à la vie troublée de l'heure présente. Le trouble de nos cœurs s'en aggravait. Au seuil de l'âge d'homme, la vie ouvre ses avenues de mystère, pleines de la mêlée des lueurs d'aurore en déroute sous les premières flèches du soleil. Quelquefois ces allées illuminées et ténébreuses ouvrent sur de larges places régulières, bien dessinées, plantées de beaux arbres solides, où s'abritent des bancs pour le repos. Nous n'avions pas ces perspectives rassurantes. Notre temps ignore les haltes tranquilles, les bonnes étapes. Il interroge l'horizon incertain, avec l'espoir d'y découvrir la petite clarté lointaine. Dans la forêt des livres, plus d'un de nous alla vers celui de M. Rod comme à l'étoile du voyageur.

Ce sentiment était bien un signe de l'heure. Au temps du Romantisme ou du Parnasse, on eût été plutôt vers des promesses d'art. Quand florissait le Naturalisme, la curiosité se fût tournée vers l'appel bruyant des réalités ; quelques années plus tôt, elle aurait cédé à la séduction d'une œuvre d'analyse, d'une sèche anatomie psychologique. L'attrait même de la science faiblissait alors singulièrement devant celui de la conscience : on aspirait aux clartés intérieures. La bruyante rupture des disciples de Médan était toute fraîche. M. Paul Margueritte venait de publier ses admirables *Jours d'épreuve*. M. Paul Bourget donnait *Le Disciple*; on lisait le *Roman russe* de M. de Vogüé et les grandioses chefs-d'œuvres de Tolstoï et de Dostoiewsky; Maurice Barrès voilait d'ironie et d'ésotérisme l'intensité de son tourment dans ce curieux petit livre: *Sous l'œil des barbares*. Le symbolisme laissait percer sous la recherche des harmonies confuses un sentiment nouveau des richesses intérieures. Des frissons d'idéalisme couraient à travers l'art et la pensée.

C'est dans ces dispositions que nous lûmes le *Sens de la Vie*. L'auteur excellait à noter les mouvements de l'âme contemporaine. Il indiquait avec une finesse aiguë nos aspirations et nos défaillances, nos lassitudes et nos ardeurs. On lui fit d'autant plus volontiers crédit d'une conclusion, qu'il annonçait un nouveau livre, *Vouloir et Pouvoir*, où nous pensions voir se fermer le cycle d'une trilogie. Bientôt il abandonnait ce projet, pour passer de l'analyse intime à l'interprétation de la vie. Il devenait franchement romancier.

A cette phase décisive du progrès de son talent, correspond un changement important dans son existence. M. Rod avait été nommé, dans le courant de 1886, professeur de littérature comparée à l'Université de Genève, en remplacement de Marc Monnier. Il apporta à cet enseignement, puis à celui de la littérature française dont il fut chargé par la suite, le même esprit de recherche sans parti-pris et de libre franchise. Son tact savait imposer son impartialité. Les sept années de Genève furent fécondes. Les œuvres se multipliaient et s'imposaient à l'attention.

Edouard Rod comprit alors qu'il fallait choisir entre sa carrière d'écrivain et sa carrière de professeur. Elles ne sont sans doute pas incompatibles ; mais tandis que le roman l'attirait de plus en plus, il se sentait de moins en moins de goût pour la parole publique. Un enseignement universitaire doit se renouveler constamment ; il exige l'effort de toute une vie et M. Rod ne se trouvait pas disposé à lui vouer la sienne en renonçant à des travaux d'une autre sorte, qui l'avaient toujours intéressé au-dessus de tout. Il revint donc à Paris, cette fois pour n'en plus partir (1). Il y

(1) Durant le semestre d'été 1904, Edouard Rod, qu'on pressait d'accepter la chaire de littérature française de l'Université de Lausanne, devenue vacante par la mort de Warnery, consentit seulement à donner un cours où il ordonna

arrivait avec un talent mûri et des œuvres dont la rare qualité l'avait mis au premier rang des jeunes romanciers. *La Sacrifiée* publiée dans le Figaro, *La Vie privée de Michel Tessier* dans la Revue des Deux-Mondes, où M. Rod donnera désormais tous ses romans, inauguraient les beaux succès qu'allaient continuer *La seconde vie de Michel Tessier* (1894), *le Silence* (1894), *les Roches blanches* (1895). Il y a là une brillante période de cinq ou six années à laquelle M. Rod doit sa place dans les lettres contemporaines. Son inspiration, comme nous le verrons plus loin, a pu se renouveler depuis ; mais son originalité apparaît dès lors toute entière et c'est le moment de la préciser.

III

Les Romans de la Passion

L'écrivain de *la Course à la Mort* et du *Sens de la Vie* était prêt à sortir de lui-même et à regarder l'humanité. Et voici d'abord ce qu'il voit.

Tandis que les créatures inférieures suivent

les matériaux de son prochain livre sur *Rousseau et les Affaires de Genève*. Le même sujet lui a inspiré aussi une pièce, *le Réformateur*, encore inédite, où, partant d'une documentation rigoureuse, il a fait une plus large part à la reconstitution imaginative.

docilement, sans défaillance et sans révolte, une loi qu'elles ignorent, l'homme interroge cette force qui le mène. Il lui demande d'où elle vient, où elle le conduit, pourquoi elle est. Il veut connaître sa valeur et, avant de lui céder, la comprendre. De là, son mal suprême : la conscience. Elle le tourmente sans l'affranchir et lui révèle un monde dont elle ne peut lui donner l'empire. La force qu'il incarne une heure, dont il saisit en lui le passage, l'enveloppe de toutes parts, le déborde et l'opprime. S'il se révolte, elle le brise ; s'il se soumet, c'est dans la douleur des renoncements. Il veut vivre : c'est son droit, son devoir. Mais quel conflit entre ce droit et tous les autres, entre ce devoir personnel et les devoirs illimités dont le sentiment le tourmente, dont la révélation l'aiguillonne, dont le clair oracle peut seul l'absoudre ou le condamner ! Le monde ne l'intéresse plus : le vrai drame est en lui-même, et quels que soient les événements de sa vie, tout se passera toujours en lui de ce qui mérite d'être conté. M. Rod est le romancier de la conscience. « La vie présente ainsi des situations hautement tragiques, dont tout le drame est intérieur, dont tous les fils sont dans la conscience, et qui, pourtant, nous remuent jusqu'à nos fibres les plus secrètes. » A ces profondeurs de la conscience, se révèle à lui le conflit le plus aigu, le plus douloureux, celui de la passion égoïste, aveugle, et du Devoir, universel, absolu. Comme elles sont bien de leur temps, ces âmes désemparées et généreuses, dont la sensibilité est à vif, l'intelligence grande ouverte, et la volonté en déroute ! Faibles avec « l'amour du bien et des intentions excellentes », tous les héros de M. Edouard Rod sont déchirés par la lutte de leur noblesse intime et de leur intime misère. L'amour les sauverait peut-être. Mais l'amour, le véritable amour, celui qui triomphe de tout, celui qui s'oublie, celui qui se donne, cet amour leur est impossible. L'impuissance d'aimer n'est qu'une forme de l'impuissance d'agir. « Mon cœur a les défaillances de mon cerveau, mes affections sont aussi flottantes que mes pensées. » Ils ne connaîtront que la passion. M. Rod est aussi et surtout le romancier de la passion. Et de ces deux forces en lutte quelle que soit maintenant celle qui triomphe, la plus amère désespérance est le prix du combat. L'homme oscille entre les mirages de la passion et les tortures de la conscience, tour à tour résigné ou rebelle, mais toujours malheureux.

M. Rod est ainsi le romancier du pessimisme, comme Léopardi en est le poète et Schopenhauer le philosophe. Le cycle des romans de la passion devait logiquement se fermer par *Dernier refuge*. Le néant est le terme idéal de la passion. Seul il ouvre des abîmes d'oubli assez profond et de repos assez absolu à l'âme faible et avide qui n'a su que rêver une servitude enchantée et qui a voulu s'aliéner d'elle-même. La pensée de M. Rod revenait, après un long trajet, à son point de départ, à l'inspiration de cette *Course à la Mort*, où s'affirmait un si ardent désir de l'anéantissement dans le silence et l'inconscience des choses.

Entre ces deux termes extrêmes, la courbe complète a été décrite, à travers une série d'œuvres où M. Rod a imaginé, avec une habileté rare, des cas de passion.

Le héros des *Trois Cœurs* semble être encore celui de la *Course à la mort* et du *Sens de la Vie.* Il aspire à la passion. Mais il éprouve toute l'impuissance de son égoïsme. Vainement il se cherchait lui-même : sans se trouver jamais, il allait, toujours avide et toujours inapaisé, ne voyant plus les êtres que son caprice torture. La douleur le ramène enfin à son foyer ravagé et lui apprend à accepter la vie. Résignation très douce d'ailleurs, et pleine de promesses, car le bonheur pourra renaître encore de la vie acceptée, un bonheur où ne rayonnera pas la flamme changeante des premiers espoirs, mais qui sera précieux et cher quand même, comme une conquête sur la tourmente, comme le sommeil des flots calmés.

Combien plus désolé est le stoïcisme de Morgeix dans *la Sacrifiée !* Il fut honnête et vaillant, celui-là ; il se défia longtemps des sophismes que la passion subtile ourdit autour de la conscience. La sienne y fut-elle jamais prise ? On peut en douter, car les faits ont été supérieurement choisis, les circonstances combinées à merveille, les personnages dessinés et opposés avec un art infini. Mais il est quelque chose de plus clair que les témoignages suspects de notre cœur fragile, de notre incertaine raison : je ne sais quelle lueur d'absolu, qui vient à nous à travers nos brumes. Elle est là, étoile au-dessus de la mer, flamme inextinguible dans l'orage, pareille à ces lumières d'or que le vent d'hiver avive au ciel purifié. Comme les autres clartés pâlissent auprès d'elle, pauvres lueurs trop ternes de nos flambeaux humains ! Nous croyons à elles et elles nous égarent. Nous les allumons péniblement dans la tempête, nous les protégeons de nos mains tremblantes, nous avançons doucement pour ne pas les éteindre, et notre chemin reste sombre, et nous avons assez à faire d'épier la lumière mourante et de l'abriter... L'art du romancier a été d'enserrer Morgeix dans les liens finement tressés par la vie, qui se joue de notre faiblesse et de nos systèmes, qui est à notre merci pourtant, et qui se rit de nous parce qu'elle sait que ce que nous pourrions faire nous ne le ferons pas, et que notre pouvoir est trahi par nos forces. Pouvoir redoutable et inefficace, pareil à celui du guerrier désarmé. Comme la princesse d'Orient devant le tribun des légions romaines, la vie ouvre ses bras chargés de promesses menteuses, elle murmure ses artificieuses paroles et nous ne voyons pas

Derrière elle, effeuillant sur l'eau sombre des roses,
Les deux enfants divins : le Désir et la Mort. (1)

Comme Morgeix, Tessier a discuté avec lui-même, en face de la passion. Il a fait de subtiles pesées de ses droits et de ceux des autres : ces derniers ont été trouvés les plus légers. Il a sacrifié sa femme, ses deux filles, son devoir politique, et il pourra se rendre un jour ce témoignage : « Etrange destinée que la mienne ! Jamais, je crois, aucun homme n'a plus aimé le bien et n'y a cru avec plus de fermeté ; et, pourtant, peu d'hommes auront fait autant de mal, à eux-mêmes et à ceux qu'ils aiment. » Plus tard, doutant de tout, et de l'amour même auquel il a immolé tout le reste, il osera se demander si l'amour méritait un tel holocauste.

Kermoysan, lui, n'a rien sacrifié à sa passion. Il a lutté, avec son héroïsme silencieux de toutes les heures, pour que tout soit comme si elle n'était pas. Aucune plainte ne s'est échappée de ses

(1) José-Maria de Heredia : *Les Trophées*.

lèvres closes : son amour a brûlé comme une flamme pure dans le sanctuaire de son cœur fermé. Nul n'a su jamais ses pensées, ses tortures : le secret de sa vie ne fut pas moins gardé que ne le sera désormais celui de la tombe où dort l'aimée. Tout s'est passé dans l'âme et il nous a fallu tout deviner. La passion, cette fois, revêt toute la pureté de l'amour ; par son effort à se renoncer elle-même, elle ennoblit l'âme et lui ouvre un monde au delà du monde.

Cet espoir même hésite devant le symbolisme désenchanté des *Roches blanches*. Trembloz n'a fait que s'appauvrir par son sacrifice. Il a chassé de son cœur « le sentiment qui l'emplissait de tendresse, de dévouement, de pitié, qui lui faisait trouver la vie plus haute et Dieu meilleur. » Son âme est maintenant livrée aux assauts du doute et de la révolte. Il s'interroge sur la valeur de ce sacrifice et celle des lois auxquelles il l'a offert. Il ne sait plus si sa victoire n'est pas une défaite et si cette vie, qu'il a voulu garder pure, ne sera pas une mort vivante.

Car la passion ravage à tout jamais les cœurs qu'elle visite. Derrière elle germent les épines et les ronces et il n'y a plus à récolter que de la douleur. Quelle autre moisson pourrions-nous attendre du champ désolé de la vie ? Les tristes fleurs que notre illusion y cueille fleurissent dans l'épreuve, sous la rosée des larmes. Elles nous promettent l'oubli et ne nous donnent que le désespoir : comme si elles concentraient en elles toutes les vertus du sol de misère où elles naissent ! La passion est un mal parce que tout n'est que mal ici-bas. Les âmes médiocres ou viles sont moins que les autres en désaccord avec un tel monde : elles s'en accommodent et s'y débrouillent. Les âmes nobles sont victimes de leur noblesse : elles causent leur propre malheur et le malheur des autres. « Ce sont presque toujours les meilleurs qui font les chutes les plus profondes et par qui arrivent les pires scandales. Les autres, ceux qui sont d'âme moyenne, eh bien ! ils trouvent sans peine des compromis entre le devoir et la passion, qui leur permettent de vivre sans luttes, ni désastres ; quand ils tombent, comme ce n'est pas d'un sommet, ils ne se font pas beaucoup de mal, n'étonnent personne, soulèvent peu d'émotion : en sorte qu'ils ont le loisir de se guérir et de recommencer. Et c'est là un jeu qui ne gêne qu'un peu la bonne marche du monde. » Le mieux serait donc peut-être de ne pas tant réfléchir, de ne pas tant chercher, de se laisser vivre. Mais cela même est impossible : il y a d'inévitables rançons du sentiment et de la pensée. M. Rod s'arrête là, sans se demander si ces rançons ne servent pas à quelque chose, si les âmes supérieures n'ont pas d'autres fonctions, un autre rôle que de souffrir davantage et de créer plus de souffrance autour d'elle. Et ici, nous touchons bien je crois, le fond même de son pessimisme. L'excès d'analyse a fait ce mal, de ne rien laisser subsister de clair, d'assuré, pas même cette vérité essentielle, qu'il aurait fallu pourtant sauver du pharisaïsme et de la sottise. « Le bien, c'est le bien, le mal, c'est le mal : il faut faire le bien et s'abstenir du mal, voilà tout. » A la fin de la *Vie privée*, deux bourgeois médiocres y résument leur sagesse et se croient autorisés à juger en son nom la conduite de Teissier. Ce n'est pas à leur égoïsme insensé et à leurs habiletés grossières qu'il appartient d'affirmer l'absolu de la vie et de la conscience : c'est aux âmes supérieures elles-mêmes, et à elles seules, à elles qui ont essayé la lutte, qui ont eu le sentiment du mieux, qui ont gémi dans l'effort et qui vont sombrer dans la défaite. Qu'elles l'affirment donc au moment du désastre, — et il sera évité. Elles ont entrevu la lumière : qu'elles s'y attachent par delà les brouillards de la terre et leurs propres ténèbres. Elles pourront souffrir encore : leur souffrance ne sera pas vaine. Surtout, elles ne feront plus de mal autour d'elles. Elles seront leurs seules victimes, combien réconfortées déjà par la valeur assurée de leur sacrifice !

Mais trop faibles, ces âmes souffrent et font souffrir. Leur fatale cruauté achève leur misère. Dans les romans de M. Edouard Rod, les hommes sont leurs propres victimes, les femmes sont les victimes des hommes. Elles sont toutes des sacrifiées. Toutes, elles ont tenté l'impossible : elles ont rêvé le bonheur de ceux qui ne pouvaient être heureux ; elles ont lié leur vie à des destinées inquiètes et condamnées. Leur douceur s'est brisée contre l'inconscient égoïsme des uns et le vouloir inefficace des autres. Rose-Mary, Clotilde Audouin, Suzanne Teissier et Blanche Estève, Mme Massod, Geneviève Berthemy, toutes elles sont des incarnations de la grâce, de la bonté et de la tendresse. Leur égard étoile l'ombre des mauvais jours. Mais l'homme ne va pas vers cette étoile. Il ne regarde qu'en lui-même, il ne se confie qu'en ses propres clartés. Aussi ne connaît-il pas le véritable amour, car « dès que quelqu'un se cherche soi-même, l'amour s'étouffe en lui (1)».

Voilà pourquoi ces amants n'atteignent jamais l'harmonie profonde et durable. « Il faut être incompris, dit l'un d'eux, comme il faut être cruel ». Si les cœurs s'unissent, ce n'est que pour se séparer aussitôt, et ils ne communient que dans la douleur. « La souffrance me semble le bien suprême

(1). — *Imitation de J.-C.*

qui puisse réunir deux âmes, le domaine où les cœurs se rencontrent le mieux pour se fondre dans un immense besoin de pitié à répandre et à recevoir. » Dans *La Sacrifiée*, qui est, à cet égard, le plus caractéristique des romans de M. Rod, Morgeix n'a pas d'autre souci que de retrouver la paix intérieure. Il ne peut se reprendre à vivre, après sa résolution cruelle, que par le don absolu de soi à tous ceux qui souffrent et qui ont recours à lui. Que n'a-t-il apporté dans l'amour le même héroïsme, le même oubli de son propre martyre !

Mais il ne pouvait pas, parce que c'est lui-même qu'il aimait dans cet amour. Comment se fera-t-il jamais que nous puissions ne plus chercher notre âme, là où elle est engagée tout entière, et ne plus penser à nous quand toute notre vie brûle comme une flamme ? C'est cela, pourtant, qui est l'amour, et ce miracle résout bien des énigmes. Mais la passion ne fait que les multiplier et nous y emprisonner davantage. Morgeix croit se sacrifier et il sacrifie surtout Clotilde. Michel Teissier sacrifie Suzanne, et plus sûrement encore il se sacrifie lui-même. Non seulement sa vie est brisée : son amour frissonne déjà de la mort prochaine, « car en ce moment, en ce moment où pour la première fois il sent que la bien-aimée est à lui tout à fait, et qu'il peut l'emporter où il veut à travers le monde ouvert à leur amour, en ce moment où ses lèvres vont chercher librement ces lèvres tant désirées, voici se dresser entre elle et lui la vision cuisante des cœurs saignants qu'il a déchirés, des ruines de son foyer, des désastres de sa vie, de toutes les misères qu'il a faites pour forger son bonheur. Devant ce spectre, il se trouve tout petit, il ne se reconnaît plus : c'est comme s'il n'avait plus l'âme qu'il faut pour la joie, l'âme qu'il faut pour l'amour, son âme d'autrefois qu'il a perdue. » Blanche aussi sera sacrifiée. Les femmes sont l'éternelle rançon de nos défaillances et de nos révoltes. C'est pourquoi, sans doute, l'ombre de la douleur est déjà sur le visage adorable des petites filles. Quelles délicates divinations leur a données le romancier des *Trois Cœurs* et de *Michel Teissier !* Quels tendres désirs de consoler et de partager les peines ! L'épreuve n'attend pas qu'elles soient devenues des femmes, et son atteinte trop rude, qui les blesse toujours, les brise quelquefois...

Une infinie tristesse monte de ces livres dont l'inspiration se résumerait assez fidèlement dans cette petite formule cachée quelque part, dans ce cri, des plus désespérés qui soient sortis d'une poitrine humaine : « La souffrance est partout, et l'amour l'augmente. » Le monde est mal fait, mauvais, « réglé par des lois iniques dont l'injustice éclate » ; l'homme n'y peut faire figure que quand il s'attache à des « certitudes laborieusement acquises » autour desquelles rôdent le doute et la révolte, habiles à s'assurer la complicité des cœurs. Finalement, nous trouvons « le mal presque toujours vainqueur dans nos pauvres âmes, parce qu'il excelle à cacher ses vrais caractères sous de séduisantes apparences, parce que c'est souvent à travers de spécieuses espérances, de chères pensées, de nobles illusions, de pures intentions dévouées qu'il réussit à nous conduire à ses fins. » Et nous sommes à la fois coupables et malheureux, d'autant plus malheureux pourtant que nous sommes moins coupables. Le bonheur n'est pas plus pour ceux qui cèdent à la passion que pour ceux qui la sacrifient. Le bonheur n'est pour personne. Trembloz se demande pourquoi son sacrifice, « au lieu de le combler de joie comme tout acte de vertu, ne lui laisse qu'un dégoût de soi-même qui ressemble presque à un remords. » Nous nous demandons devant la déroute de Teissier : « l'amour, de son côté, mérite-t-il les privations, les regrets, les remords qu'on endure pour lui quand on a trop écouté sa voix ?... » Et nous sentons toute l'amertume de ce vœu désespéré : « Tout passe, tout coule, tout s'effondre, il faudrait un point fixe, au-dessus de la vie, au-dessus de l'amour. » Une fois peut-être, M. Rod sembla avoir atteint, aux profondeurs même de cette conscience où cherchait avidement son regard, ce point fixe qui défierait enfin le doute et la douleur : « Nous nous sommes à nous-mêmes nos propres ennemis ; nos désirs, nos volontés, nos passions, sont des mirages qui ne nous attirent que pour nous décevoir ; notre seule sagesse, c'est de les abdiquer définitivement, dans une humble soumission au décret, d'où qu'il vienne, qui nous ordonne d'en dégager nos âmes, afin qu'elles soient toujours prêtes à recevoir la grâce ou la mort, à entrer libres et pures dans le néant ou dans l'éternité. » Mais il faudrait avoir la foi — où ne pas aimer la vie. Et quand le philosophe qui est en M. Rod dégageait de ses belles études et de ses créations émouvantes l'austère leçon qui tombe des plus sublimes morales et des religions les plus pures, de Bouddah à Kant, à travers le stoïcisme et le christianisme, le romancier, qu'il est aussi et par-dessus tout, ne cessait pas de voir, sur notre pauvre petite terre, l'humanité éternellement en marche vers ces mirages, sur le chemin de l'amour et de la douleur...

IV

Les Romans de Mœurs vaudoises et les Romans sociaux.

Il eût été facile à l'auteur de ces émouvants romans d'exploiter un genre qui lui assurait le succès. Mais nulle considération intéressée ne pouvait arrêter le progrès de ce talent sincère, toujours en quête d'une réalisation plus complète et plus ample. M. Rod élargit bientôt le champ de ses observations et chercha ailleurs que dans les drames du cœur des éléments de pathétique. Son roman de *Là-Haut* fut, en ce genre, une curieuse tentative qui déconcerta peut-être quelques admirateurs. A-t-on assez remarqué l'originale émotion de cette œuvre, dont le principal personnage est un village de la montagne ? Et quel beau drame discret que celui de cette transformation où nous voyons, à travers les déchirements d'un présent troublé, l'avenir s'arracher du passé ! Le regret mélancolique de ce qui finit se mêle à l'appréhension de ce qui va naître, la vie simple et douce des aïeux s'oppose à l'âpreté des convoitises nouvelles ; en même temps s'évoquent, autour de l'âge mourant, les glorieux souvenirs qui lui font un arrière-plan héroïque et révèlent par quels efforts les siècles ont préparé le calme et la paix des humbles jours. Notre vie quotidienne et nous-mêmes n'apparaissons plus que dans notre union étroite et notre solidarité avec le pays où nous sommes nés, la race dont nous sommes les fils et l'histoire qui a façonné notre destinée. C'est un des plus grands sujets qu'ait trouvés M. Rod, si habile pourtant à trouver de beaux thèmes. La nouveauté même du roman lui fit du tort : on attendait autre chose. Le public n'aime pas qu'on dérange ses classifications ni ses habitudes. Malheur à l'auteur assez imprudent pour s'évader de la formule où l'on croyait le tenir à jamais asservi ! Parce qu'il ne fait pas ce que vous voulez, vous l'accuserez de ne pas bien savoir ce qu'il veut faire. L'auteur pourtant n'avait jamais été plus maître de ses moyens et de son art. Il nous transportait dans un monde familier à ses yeux et à son cœur. Les lecteurs qui eurent la sagesse de le suivre docilement firent avec lui une cure d'air, de repos et de songe.

Vallanches est un village valaisan. Perdu dans la montagne, il a jusqu'ici échappé à la transformation des sites renommés et des riches villégiatures. Sa vie laborieuse et paisible, rude il est vrai, mais pourtant douce, s'ouvre comme une fleur aux flancs ardus de l'Alpe. En dehors des gens du pays, quelques fidèles seuls connaissent ce coin délicieux et y viennent respirer la douceur de vivre ignorés dans la beauté des choses, C'est un cercle charmant : Charles Gay, le Président de la Confédération, la vieille madame Sauge, le peintre Croissy, l'alpiniste Volland... Une douceur exquise, et comme enveloppée d'un invisible nuage de mélancolie, monte de ces paysages et flotte autour de ces figures. Nous pressentons que tout cela bientôt ne sera déjà plus, et le présent s'idéalise de toute la grâce du passé : nous le chérissons davantage parce qu'il va finir.

Une révolution se prépare, en effet ; on la devine, elle est comme une menace dans l'air ; c'est l'orage que révèlent, en pleine fraîcheur matinale, d'infaillibles symptômes : — des propos échangés sur la place, aux heures de flânerie autour de la fontaine, l'ombre d'ambitions nouvelles sur ces bonnes faces villageoises, et les premiers frissons d'une fièvre inconnue ; enfin l'apparition d'un personnage étrange, de ce M. de Rarogne, âme damnée de la vallée, héritier dépossédé des antiques seigneurs et seigneur à son tour de par les droits de l'agiot, homme de ressources, certes, et qui veut, dans notre société cosmopolite, disposer des forces nouvelles comme ses pères disposaient des vieilles forces nationales, despote comme eux et impitoyable, transposant leur puissance pour la rajeunir et, par elle, dominer encore.

Il manie à son gré le pays : il a transformé Zermatt, Lestral ; il transformera Vallanches. Et n'est-ce pas déjà commencé ? L'œuvre s'accomplit d'abord dans les âmes, où fermentent les germes nouveaux. Cette crise dans le cours d'une vie parfaitement simple, cette agonie d'un passé jusqu'alors oublié dans son repli de montagne, voilà un sujet d'une grandeur à laquelle le roman contemporain ne nous a guère habitués. M. Edouard Rod a su l'humaniser encore et du même coup en approfondir le sens. Qu'elle est charmante et délicatement expressive, l'histoire de Julien Sterny et de Madeleine Vallé ! Ils sont venus, l'un de Paris, l'autre de Genève, dans un coin perdu où le hasard les rapproche. Tous les deux sont également blessés par la vie, le jeune homme à peine échappé d'une cruelle aventure, la jeune fille meurtrie par l'odieuse tutelle d'une tante pour qui elle est une proie. Alors le charme de ce pays, la force éternelle de la nature, la bienfaisante beauté, l'indulgence des choses apaisent et réconfortent leurs âmes et leur ouvrent la porte d'or. Sterny redevient simple et vrai, Madeleine écoute le clair conseil de son cœur et l'amour fleurit dans la douceur de cette vie finissante, comme pour résumer en lui tout ce qu'elle eut de pureté, de puissance et de grâce, pour sauver le divin prestige qui fit si doux ces lieux aimés.

M. Edouard Rod manifestait dans *Là-Haut* une remarquable aptitude à analyser la vie morale et à découvrir les grandes lois de ses faits dans chacun de ceux qu'il observe. Le sens de ce livre, comme de toutes les belles œuvres (et c'est à quoi on les reconnnaît) s'amplifie au-delà des limites où est enclose l'action. Ce n'est plus seulement le joli village de Vallanches dont nous voyons finir l'âge d'or ; ce n'est plus l'unique histoire de ce coin du monde, aimé de ses fidèles, et qui devient pareil aux autres, avec les chemins de fer, les vastes hôtels, l'invasion des touristes et les convoitises autour de cette proie. Non ; c'est cela d'abord, et c'est bien cela toujours, par la vertu évocatrice de l'art qui nous enchaîne aux plus étroites intimités des milieux et des âmes ; mais c'est encore quelque chose de plus. C'est la grande, l'inquiétante métamorphose de ce temps, la fin de cet âge tranquille où la vie du fils ressemblait à celle du père, où les rêves ne montaient pas plus haut que la fumée du toit familial, où la joie des ancêtres était de causer le soir sous l'orme de la place, quand le ciel versait le repos de sa douceur étoilée sur la fatigue des travailleurs. L'histoire de ces humbles s'élargit pour embrasser toutes les destinées pareilles, toutes les destinées tranquilles que nos villes et nos campagnes ont abritées pendant des siècles et qui maintenant apparaissent comme un impossible et charmant idéal à notre temps d'ambitions fièvreuses, d'exigences démesurées, de fortunes rapides. Et plus loin encore, plus profondément, ce qui nous apparaît au travers de ce transparent symbole, c'est la lutte éternelle des choses qui s'en vont et de celles qui viennent, la douloureuse loi qui enchaîne l'avenir au passé et le condamne à s'en affranchir à force de déchirements et de deuils, pour suivre son chemin inconnu. L'art descend ainsi jusqu'aux profondeurs où veillent les thèmes éternels de nos pensées et le romancier comtemple un instant les mêmes objets que le moraliste. Inévitable rencontre, où il ne faut pas chercher de métamorphose : chacun des deux reste lui-même. M. Edouard Rod venait de Genève ; il y avait été professeur : ce fut une plaisanterie facile, mais absurde, — à moins qu'elle ne fût perfide — de le présenter comme un protestant d'humeur grave et de propos édifiants. Même dans les histoires de son pays qu'il excellait à nous présenter, il apparaissait au contraire comme le conteur le plus humain, le plus délicat et le plus vrai.

Son réalisme exquis nous met au cœur des choses. Lisez *Mademoiselle Annette* : L'auteur a évoqué autour de son héroïne une de ces petites villes vaudoises dont il sait si bien rendre l'intimité familière. C'est, ici, la ville de Bielle où se passèrent déjà les événements des *Roches blanches*. Bielle, en géographie, s'appelle Nyon. Elle enveloppe, dans la paix de son histoire révolue et dans son tranquille silence, le va-et-vient des agitations médiocres ou le drame des humbles destinées que l'œil rond de sa grosse horloge regarde passer depuis des siècles sous les arcades. Nous entrevoyons même la figure connue du pasteur Trembloz ; et, tout au dernier plan, passent les figures un peu vieillies de M. Massod de Bussens, du Dr Mathorel et du syndic Quartier. Regardons-les bien. Regardons l'oncle Adolphe qui est, sous sa lourde apparence de jardinier, le vivant symbole de la poésie et de la sagesse des choses. Entrons boire « une picholette » avec les habitués de la « Tête de Maure ». Mêlons-nous à toute cette vie paisible que le progrès transforme, c'est-à-dire que le temps va détruire. Il semble que déjà les décors s'effritent derrière les personnages qui vieillissent ou qui meurent. La mélancolique destinée des choses nuance d'une tristesse infinie la mélancolie des destinées humaines. Tout cela est simple comme la vérité et beau comme elle.

A mesure que M. Rod avançait dans son œuvre, son intérêt se faisait plus attentif aux existences ignorées et difficiles, sa sympathie allait de plus en plus à l'humanité toute entière, qui n'est pas heureuse. Il étendait progressivement le domaine de son art et passait, par une continuité toute naturelle, des problèmes moraux aux questions sociales. Mais il les envisage en psychologue et en moraliste, comme une part du mystère douloureux de la vie que son art nous représente. Il n'apporte ni les solutions du réformateur, ni les recettes du politicien : il voit ce qui est, il nous le fait voir et nous partageons son émotion. Dans l'*Inutile Effort* se déroule le drame des irréparables conséquences de nos faiblesses et de nos fautes. Dès qu'un acte est accompli, il ne nous appartient plus ; et ce n'est pas seulement la nature qui s'en empare pour lui faire exprimer tout ce qu'il contient de possibilités inconnues ; il est pris encore dans l'engrenage de la machine sociale qui ne nous le laissera plus ressaisir et ne nous le rendra pas qu'il n'ait achevé ses redoutables métamorphoses. Tel est le cas de Léonard Perreuse, avocat achalandé, confortablement établi dans sa fonction et dans son ménage, père de deux beaux enfants. Il a oublié depuis longtemps une aventure de jeunesse, la banale liaison avec une ouvrière séduite, puis abandonnée au seuil de la maternité. Un fait-divers vient la lui rappeler un soir, quelques lignes de son journal : la jeune femme est en prison à Londres, accusée d'avoir assassiné sa fillette. Vous imaginez le drame de cette conscience d'homme heureux où le remords s'éveille, d'égoïste à qui le devoir s'impose. Car tous ses sophismes ne sauraient persuader Perreuse qu'il n'eût rien à faire. Les circonstances laissent un rôle à son intervention, et il a près de lui un frère qui, jadis confident et témoin de son caprice, a pris en pitié la victime, l'a quelque temps suivie et assistée de sa sympathie, ne peut pas douter de son innocence. Il veut entraîner Léonard, apporter leur double témoignage, une correspondance propre à disposer favorablement le jury ; il veut tout tenter pour sauver la malheureuse, exposée à subir la fatalité des apparences. Mais Léonard peut-il laisser peser sur sa femme et sur ses enfants les conséquences de sa faute, désorganiser son foyer ? M. Rod a remarquablement analysé cette situation et montré plus tard, quand Perreuse s'est décidé à agir, l'inutilité de l'effort, l'impuissance de la vacillante vérité et de la bonne volonté individuelle devant le jeu de l'ample machine où s'ajustent pour un mouvement régulier, implacable, les rouages des lois et des mœurs.

Et n'est-elle pas aussi un inutile effort, la vie de ce « vainqueur » dont l'initiale erreur fut de prendre « les petits intérêts contingents de la lutte humaine et les passagères victoires de l'intérêt pour l'essentiel de la vie ? » La même fatalité qui accabla Perreuse l'écrase à son tour, car « dans cette mystérieuse chaîne de nos actes et de leurs effets, il y a comme une nécessité que la réflexion pressent et ne peut saisir, qu'une voix intérieure affirme et ne peut expliquer. » L'art du romancier peut nous la montrer à l'œuvre et rien n'est plus propre à lui donner de l'intensité et de la profondeur. En même temps, un champ illimité s'ouvre devant lui, le champ même de l'action humaine. Avec *Un Vainqueur*, M. Rod nous transporte dans le monde industriel. Il nous met en présence d'un homme énergique et droit, un peu dur, condamné en quelque sorte par la force des choses à une certaine conception de la vie sociale, des lois économiques, des rapports entre patrons et ouvriers, voire de la vie de famille. A la conception du maître verrier, Alcide Délémont, il oppose celle de son beau-frère, Maximilien Romanèche, théoricien de l'abstrait, beau parleur qui ne s'embarrasse jamais du réel, apôtre à bon compte qui excelle à compenser par la générosité de ses paroles la sagesse calculée de ses actes. Sans doute, tout n'est pas illusoire dans ses déclamations, pas plus que tout n'est blâmable dans les vues de Délémont. D'ailleurs, il n'importe. Ce n'est point de théories qu'il s'agit, mais de sentiments, de passions et d'actions. C'est un aspect de la vie que veut nous représenter M. Edouard Rod et il le fait ici pour la vie sociale comme il l'a fait ailleurs pour la vie intime, soucieux de voir clair et enclin à la pitié. Le romancier a cherché de nouveaux sujets : il les traite avec le même esprit.

Jamais cet esprit n'a mieux manifesté son ampleur que dans le dernier roman publié, l'*Indocile*. La lutte des partis politiques et des conceptions sociales ne s'y révèle que par ce qu'elle a de plus profond et de plus essentiel : le conflit des âmes. Et ces âmes, l'auteur est toujours, avant tout, curieux de les comprendre, enclin à les plaindre. Il ne paraît point les haïr jamais et quelquefois il les aime. Il aime Valentin, l' « indocile », l'inquiet, l'indécis, aussi tourmenté que l'oncle Romanèche est sûr de lui-même, de ses axiomes, de ses déductions, de ses conclusions, de toute sa logique, de toute sa mathématique de théoricien imperturbable et tranchant. Si celui-là n'est point son héros de prédilection, du moins M. Rod l'a-t-il présenté sans malveillance, avec un souci constant d'éviter la caricature et de rester vrai. Il en a usé de même avec Nicolas Frümsel, le bourgeois prospère, l'industriel adroit qui a pris livraison d'un stock d'idées « avancées » et les loge parmi ses marchandises, incapable de pensée parce qu'il est incapable de vie intérieure. Comment comprendrait-il celle de son fils, de ce pauvre et touchant Désiré, dont sa brutale incompréhension et son inconsciente tyrannie font la souffrance si émouvante ? Claude Brévent, Urbain Lourtier, font, avec Valentin, l'un à sa droite, l'autre à sa gauche, un triptyque où se figure d'une manière assez significative la jeunesse d'aujourd'hui. Et d'autres personnages plus grands, plus expressifs, dominent ceux-là, qui se meuvent à leurs pieds et comme à leur ombre : c'est la cathédrale de Reims, où furent sacrés les rois, où pria Jeanne d'Arc, c'est la cité moderne, créée par l'industrie dans l'antique décor ; c'est Saint-Pierre de Rome, c'est l'image confuse de la Ville éternelle avec ses temples païens, ses dômes et ses basiliques, — c'est le Passé et le Présent, qui s'opposent et se combattent et, en attendant qu'ils se concilient, nous déchirent.

Devant ce spectacle, devant cette détresse, ne demandez pas à l'âme pensive et apitoyée son credo politique, ses dogmes sociaux, sa liste de recettes et de formules. L'humaine destinée n'est pas moins tragique, pas moins douloureuse, pas moins émouvante à contempler dans la vie sociale que dans la vie individuelle. Celle-ci avait longtemps retenu M. Edouard Rod : voici que celle-là à son tour l'attire et le retient. Mais pas plus que les romans de la première période n'avaient été strictement « psychologiques », ceux-ci ne sont, à vrai dire, « politiques » ni « sociaux ». Le drame est toujours dans les âmes et dans les cœurs. L'art qui le déroule sous nos yeux garde un caractère essentiellement intime et humain.

V

Conclusion.

L'œuvre de M. Edouard Rod, nous l'espérons bien, est loin de son terme. En vingt années, de 1885 à 1906, elle s'est développée avec une variété, une liberté, une sincérité qui lui ont gagné, outre la faveur publique, une place d'honneur dans les lettres françaises. Plus pénétrée qu'aucune autre peut-être de vie intérieure et de pensée, cette œuvre est bien de son temps. Grâce à ce privilège, l'auteur a su l'imposer sans concessions ni complaisances. Le succès est venu par la seule vertu de ce talent si solide et si fin, de cette curiosité si ouverte, de cette pitié si émue et plus encore de cette humanité si frémissante. M. Rod est le plus humain de tous les romanciers contemporains. Ecoutez-le parler de l'auteur de *Giacinta :* ne croirait-on pas qu'il parle de lui-même : « L'homme seul lui paraît digne d'intérêt et quand il dresse un paysage autour de l'homme, il le fait d'une façon qui rappelle les peintres primitifs, les espaces à peine entrevus, les squelettes d'arbres dont l'ombre grêle ne cache jamais rien du visage. » Lui aussi, l'homme seul l'intéresse, et nous avons vu que dans l'homme il est allé d'abord à ce qu'il y a de plus intérieur, la conscience, pour y chercher le plus intime drame, celui de la passion. De là, l'idéalisme de son art. Prenez les sujets de ses livres : il n'y a presque pas d'événements. Les actes sont les reflets des sentiments et des pensées. Le plus grand savant de ce siècle a dit : « Rien n'est moins scientifique qu'un fait. » M. Rod sait qu'il n'y a rien de moins artistique. C'est, à cet égard, un chef-d'œuvre unique, *Le Silence*, dans notre roman contemporain. Il semble un défi à l'analyse et aux faits. L'art ne saurait être plus insinuant, plus enchanté, plus créateur. Le souple et sûr réseau où il nous enserre est invisible. Jamais la réalité de la passion, dépeinte par les procédés ordinaires, n'eût égalé en intensité cette image idéale, que chacun de nous reste libre d'ébaucher dans son rêve... Considérez maintenant les milieux : pas de ces descriptions si précieuses pour ceux qui n'ont rien à dire et trouvent avec raison plus facile de dresser un inventaire que d'éveiller un sentiment. Ici, les paysages ne sont jamais traités pour eux-mêmes : ils n'existent que dans les yeux de ceux qui les regardent. Et comme c'est plus vrai ainsi ! Enfin, quand M. Rod nous présente des personnages, il estime leurs âmes plus intéressantes que leurs toilettes et sait nous les révéler tout entiers dans leur regard ou dans leur sourire.

Mais si le charme de ses romans laisse parfois deviner un poète (1), la force de leur conception révèle une pensée toujours en éveil. M. Rod a beaucoup cherché. Il a interrogé dans le passé les maîtres qui ont traduit le plus profondément la vie, dans le présent ceux qui ont essayé de l'in-

(1) Edouard Rod n'a pas publié de vers ; il en a écrit de charmants. Nous avons la bonne fortune d'en donner ici une pièce qui, pas plus que les autres, n'était destinée à sortir de son ombre.

PASSANTE

Ce cœur est un temple en ruine
Où, sur un autel dévasté,
Une morne idole s'incline
Sans offrandes et sans beauté.

Le dieu s'est enfui de ces voûtes
Où résonna sa voix d'airain :
Le silence les emplit toutes
Et les cierges sont tous éteints.

Les lévites, troupe infidèle,
Ne glissent plus sur les parvis,
Et la poussière s'amoncelle
Aux frises et sur les lambris.

Et pourtant cette pauvre idole
Seule au fond du temple oublié,
Eut autrefois son auréole
Et son grand prêtre extasié.

terpréter pour nous. Ses livres de critique — notamment celui qui eut le plus de succès, *Les Idées morales du temps présent,* — achèvent de nous révéler toute sa pensée et nous montrent combien toujours le sens de la vie fut pour lui le grand problème. Il a, sinon pour résoudre l'énigme, du moins pour en apaiser le tourment, sondé sa propre pensée, exploré le cœur de l'homme et le cœur de la femme, examiné les relations humaines, depuis les secrets du sentiment jusqu'aux conflits de la société et il a gardé, devant tous ces spectacles, sa clairvoyance, sa mélancolie et son indulgence. Son œuvre est sérieuse et véridique. Si elle n'a pas l'éclat qui éblouit, elle a la douce clarté qui pénètre. Il n'en est pas qui s'insinue plus discrètement, plus infailliblement dans notre sympathie. Ceux qui l'aiment (ils sont beaucoup ; ils seraient davantage si l'on savait mieux lire) l'aiment à jamais et en bloc. Je me demande, en manière de dernier mot, combien de romanciers contemporains méritent un pareil éloge.

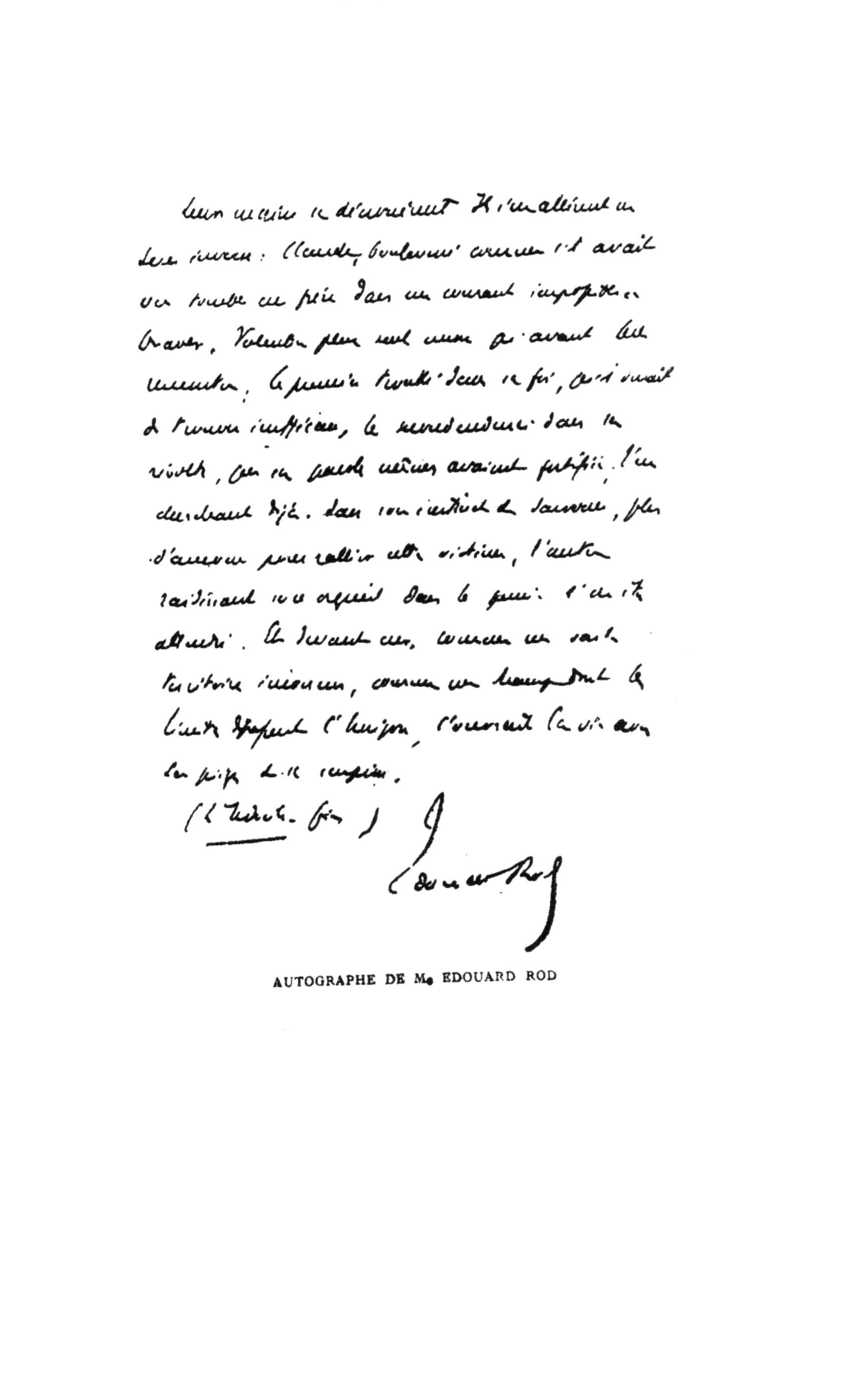

AUTOGRAPHE DE M. EDOUARD ROD

OPINIONS

De M. J. Ernest-Charles :

Il est mélancolique et il est grave. Mais il sait être grave sans morgue et sans pédantisme. M. Edouard Rod est le plus Français des Suisses.

A notre époque de littérature prétentieuse et futile, il faut aimer cet écrivain sérieux et simple. Il faut l'aimer. Et je crois bien que, si on est sincère et si on ne veut point céder à son temps, on doit éprouver à l'endroit d'Edouard Rod une profonde affection discrète comme sa personne même, et j'allais dire, en manière d'exceptionnel éloge, discrète comme son talent. C'est une tendresse réfléchie qu'il inspire, qu'il impose, une inaltérable tendresse, sans effusions exubérantes, il est vrai, mais sans retour. Il faut chérir ce romancier doucement raisonneur et paisiblement moralisateur, cet écrivain patient et sage. Il conquiert les cœurs en gagnant les esprits. Il les conquiert par un investissement lent et sûr. Ce pensif historien des cœurs est l'ennemi de toutes les fantaisies, des légères et de celles qui sont amères. Et il n'est point ironique du tout. Il est donc original parmi nous. Son talent est, comme son caractère, profond et correct. Et que d'élégance et de sobriété, et quelle souveraine précision ! Peu de variété, je le sens ; mais toujours la vérité toute nue et que rien de factice ne vient corrompre. Il faut aimer Edouard Rod.

(*La Littérature française d'aujourd'hui*, pp. 107 et 108, Paris, Perrin, 1902, in-18.

De Mme Emilia Pardo Bazan :

..... En résumant mon jugement sur Rod, je dirai que si, pour les dons de l'écrivain et de l'artiste, pour la richesse de la forme, pour l'observation objective, sereine et désintéressée, il ne peut soutenir la comparaison avec d'autres écrivains français, — tels que l'immortel Alphonse Daudet et parfois Bourget lui-même, avec qui il présente pourtant des affinités de sentiment personnel, de subtilité passionnée, d'introspection, — je dois le placer non au même niveau, mais encore plus haut, plus près de ces sphères où l'intelligence contemple ce que la beauté littéraire ne suggère pas toujours. Les œuvres de Rod sont-elles saines et utiles, en tant que médecine de l'âme, sont-elles salutaires ou nuisibles, voilà un point que je ne tenterai point d'éclaircir. Déprimants, découragés, nihilistes, d'une part ; de l'autre, sévères, honnêtes, élevés jusqu'au puritanisme ; d'une atmosphère aussi claire et limpide que celle des montagnes couvertes de neige et, en même temps, énervants et passionnels ; imprégnés de ces sentiments qui ennoblissent ceux qui en font l'expérience et les placent sur les sommets de l'art en exemple sentimental, souvent aussi sceptiques et tristes, de tels romans pourraient exercer une action réconfortante ou pernicieuse, si les livres étaient susceptibles de contenir un remède ou un poison très actif, ce dont je ne suis pas sûre non plus. S'ils doivent produire de mauvais effets, ce ne peut-être que sur des ignorants, et ceux-ci n'ont pas de plaisir à lire Rod, qui écrit pour un public cultivé et raffiné.

(De *La Espana moderna*, Madrid, Janvier 1898.)

De M. André Bellessort :

..... Si j'avais à définir le talent de M. Rod, je voudrais restituer tout son sens au mot de sympathie. Il a une façon de présenter son héros qui équivaut à nous dire : « Si j'étais lui, que ferais-je ? » Et nous cherchons avec lui, et comme nous le sentons plus intelligent que nous, mais sans orgueil et toujours sincère et parfois même irrésolu, nous aimons d'une tendresse qui n'a presque rien de littéraire cette âme inquiète, mélancolique et passionnée.

(*Journal des Débats*, 5 Mai 1900.)

De M. Giovanni Cena :

Pour compléter sa physionomie d'écrivain, il vaut la peine d'ajouter quelques considérations techniques. S'il ne se pique plus de suivre scrupuleusement sa méthode intuitive, il persiste néanmoins dans son plan d'éliminer tout ce qui n'est pas strictement nécessaire au dévelop pement des crises d'âme, qu'il continue à représenter, peint ses personnages avec une rapidité expressive, narre de la manière la plus simple et la plus directe. Du naturalisme, il a gardé la précision réaliste dans le traitement de ses personnages secondaires, les types de province qu'il imprégne d'une bonhomie, d'une indulgence émanant de son propre cœur, pacifié par la contemplation désintéressée de la vie ; du psychologue, il a conservé l'acuité de l'analyse, qui procède avec franchise, sans recourir à des intrigues pour le plaisir de les dénouer, et s'exerce sur des caractères et des événements communs, sûrs, que chacun peut vérifier et qui par là sont probants.

(*Nuova Antologia*, Rome, Mai 1903.)

De M. Georges Pelissier :

M. Rod s'est essayé tour à tour en maints genres divers. Il réunit en lui des qualités qui semblent s'exclure Ce moraliste ingénieux a fait voir dans *Dernier Refuge* qu'il était capable de peindre la passion, dans les *Roches Blanches* et le *Ménage du Pasteur Naudié* qu'il savait donner la vie à ses personnages, rendre un tableau fidèle et caractéristique de la réalité sensible. Ce n'est pas une raison, s'il vient de Genève, pour qu'on le trouve lourd et terne. Nous avons sans doute des romanciers plus vifs et plus brillants. Tels qu'ils sont, ses romans méritent de grands éloges pour la forte sobriété, pour la délicate justesse, pour l'harmonie intime du fond et de la forme. Si M. Rod ne nous a pas donné des « scènes de mœurs parisiennes », il y en a bien assez d'autres qui se font en ce genre une réputation facile.

(*Histoire de la Langue et de la Littérature françaises*, publiée sous la direction de Petit de Julleville, t. VIII, ch. IV. *Le Roman*, par G. Pelissier.)

De M. Anatole France :

M. Edouard Rod a réussi, en effet, à peindre, au moral, d'après lui-même, les jeunes hommes qui naissaient en même temps que lui à la vie intelligente et aux douleurs de la réflexion.

Il a dit sans grands mots, sans cris ni gémissements, la tristesse d'être, telle que les esprits la ressentaient dans ce point du temps et de l'espace où il se trouvait jeté. Il a touché juste, ce semble, en montrant les causes profondes de cette souffrance, non point tant dans les maux de toute sorte dont l'existence est empoisonnée, que dans l'impossibilité où nous sommes de trouver, par nous-mêmes, un sens intelligible et raisonnable à la vie.... .

M. Edouard Rod a l'esprit à la fois curieux de spéculations intellectuelles et attentifs aux travaux de la chair et du sang. Lettré sans être livresque, homme de tradition et non point d'école, la pratique de l'art ne lui ôte point l'intelligence de la vie. Sa placidité d'humaniste qui vit dans le commerce des grandes ombres cache assez mal l'ardeur de son âme inquiète et malade, qu'attire et que trouble le mystère des choses.

Ce qui fait son caractère, c'est cette sorte d'équilibre qui s'établit dans son âme entre l'intelligence et le sentiment.

(*Le Temps*, 25 Février 1893.)

De M. René Doumic :

..... M. Rod a beaucoup lu ; comme un de ses héros, il pourrait dire : « Mon cerveau est plein de livres ». Le même personnage déclare avec une négligence qui effraie un peu notre paresse : « J'ai apporté mes livres favoris, les cinq ou six cents volumes où se trouve résumée l'histoire de la pensée humaine et qui peuvent suffire aux curiosités de toute une vie ». Cinq ou six cents volumes ! cela fait beaucoup de livres de chevet. Mais peu importe. Ou plutôt il est bon que nous ayons d'abord laissé la pensée d'autrui éveiller la nôtre. Surtout il est singulièrement profitable pour l'esprit qu'il ait d'abord embrassé de larges horizons et qu'il se soit étendu aux considérations générales avant de se fixer dans l'étude des cas particuliers. Ses travaux de critique et de moraliste un peu dissertant ont été pour M. Rod une excellente préparation à son œuvre propre de romancier. Dans cette œuvre, une originalité va nous apparaître qu'on ne s'attendait peut-être pas d'y rencontrer. *La Sacrifiée*, *La Vie privée de Michel Teissier*, *La Seconde Vie de Michel Teissier*, *Le Silence*, sont des « livres de passion », les seuls peut-être qu'on puisse trouver dans la littérature de ces derniers temps, si fertile soit-elle en histoires amoureuses.

(*Les Jeunes*, 1896, p. 19.)

De MM. Paul et Victor Margueritte :

..... Si quelqu'un est bien qualifié pour se prononcer sur les passionnants, troubles et complexes problèmes de l'heure actuelle, c'est entre tous le clairvoyant auteur de tant de romans profonds, le peintre des intimités vécues, l'analyste d'âmes subtil et sobre qui s'est fait depuis vingt ans une place si haute et à part.

Peut-être quelques-uns de ceux qui avaient salué dans les deux premiers livres d'Edouard Rod, *La Course à la Mort* et *Le Sens de la Vie,* un des plus libres et des plus audacieux esprits, regretteront-ils que la maturité de l'expérience et la perte des illusions ait modéré l'élan de ce cerveau généreux et porté l'écrivain à tenir une sorte de juste milieu dont s'accommoderont mal les partialités des partis aux prises. Du moins, rendront-ils avec nous justice à ce sentiment élevé qui inclinera toujours M. Edouard Rod vers un libéralisme constant, l'élèvera au-dessus des contingences de combat, dans la région sereine des Idées, où le juste et l'injuste peuvent être appréciés devant l'absolu.....

(*La Dépêche* (de Toulouse), 27 Octobre 1905.)

BIBLIOGRAPHIE

LES ŒUVRES

1. **Le Développement de la Légende d'Œdipe dans l'Histoire de la Littérature,** dissertation présentée à l'Académie de Lausanne, in-8°, imprimerie Bridel, Lausanne 1879. — 2. **A propos de l'Assommoir,** in-16, Paris ; Marpon et Flammarion, 1879. — 3. **Les Allemands à Paris,** in-16, Paris ; Derveaux, 1880. — 4. **Palmyre Veulard,** in-16, Paris ; Dentu, 1881. — 5. **Côte à Côte,** in-18, Paris ; Ollendorf, 1882. — 6. **La Chute de Miss Topsy** (avec portrait à l'eau forte de Descaves), in-12, Bruxelles ; Kistemaekers, 1882. — 7. **L'Autopsie du docteur Z** et autres nouvelles, in-18, Frinzine, Klein et Cie, Paris, 1884. — 8. **La Femme d'Henri Vanneau,** in-18, Paris, 1884, Plon, Nourrit et Ci. — 9. **La Course à la Mort,** in-18, Paris ; Frinzine, 1885 ; nouv. éd. avec préface. — 10. **De la Littérature comparée,** broch. in-12, Genève ; Georg. 1886. — 11. **Tatiana Leilof,** in-18, Paris ; Plon-Nourrit et Cie,

1886 ; autre éd. : Petite Bibliothèque Universelle, deux vol. in-32. — 12. **Les Malavoglia,** roman traduit de l'italien de Giovanni Verga, avec préface ; in-16, Paris ; Savine, 1887 ; nouv. éd. revue et corrigée, avec préface nouvelle dans la Collection des grands romans étrangers ; in-18, Paris ; Ollendorf, 1900. — 13. **Etudes sur le XIXe Siècle** (Giacomo Léopardi ; les préraphaélites anglais ; Richard Wagner et l'esthétique allemande ; Victor Hugo ; Garibaldi ; les véristes italiens ; M. E. de Amicis ; la jeunesse de Cavour). In-18, Paris ; Perrin et Lausanne ; Payot, 1888. — 14. **Le Sens de la Vie** (ouvrage couronné par l'Académie française, prix de Jouy), in-18, Paris ; Perrin et Lausanne ; Payot, 1888. — 15. **Les trois Cœurs** (avec préface). in-18, Paris ; Perrin et Lausanne ; Payot, 1890. — 16. **Scènes de la vie cosmopolite,** in-18, Paris ; Perrin et Lausanne ; Payot, 1890. — 17. **Stendhal** (Collection des grands écrivains français), in-16, Paris ; Hachette, 1891. — 18. **Dante** (Collection des Classiques populaires), in-18, Paris, Lecène et Oudin, 1891. — 19. **Nouvelles romandes,** avec six dessins de L. Rheiner, in-18, Lausanne ; Payot, 1891. — 20. **Les Idées morales du temps présent** (Préface ; M. Ernest Renan ; Shopenhauer ; M. Emile Zola ; M. Paul Bourget ; M. Jules Lemaître ; Edmond Scherer ; M. Alexandre Dumas fils ; M. Ferdinand Brunetière ; le comte Tolstoï ; le vicomte E.-M. de Voguë ; Conclusion). In-18, Paris ; Perrin et Lausanne ; Payot, 1891. — 21. **La Sacrifiée,** in-18, Paris ; Perrin et Lausanne ; Payot, 1892. — 22. **Lamartine** (Collection de Classiques populaires), in-8°, Paris ; Lecène et Oudin, 1893. — 23. **La Vie privée de Michel Teissier,** in-18, Paris, Perrin, et Lausanne, Payot, 1893. Et dans la Petite Bibliothèque Charpentier. — 24. **Michel Teissier,** pièce en trois actes, représentée aux matinées du Vaudeville, le 21 décembre 1893, in-8°, Paris, Perrin, et Lausanne, Payot, 1894. — 25. **La seconde Vie de Michel Teissier,** in-18, Paris, Perrin, et Lausanne, Payot, 1894. — 26. **Le Silence,** in-18,

Paris, Perrin, et Lausanne, Payot, 1894. — 27. **Les Roches blanches**, in-18, Paris, Perrin, et Lausanne, Payot, 1895. — 28. **Scènes de la Vie suisse** (avec illustrations), gr. in-8°, Genève, Eggimann, 1896. — 29. **Dernier Refuge**, in-18, Paris, Perrin, et Lausanne, Payot, 1896. — 30. **L'Innocente**, avec illustrations de L. Kowalsky ; n° 14 de la Collection Ollendorf illustrée, in-16, Paris ; Ollendorf, 1897. — 31. **Là-Haut**, in-16, Paris, Perrin, et Lausanne, Payot, 1897. — 32. **Essai sur Gœthe**, Paris, Perrin, et Lausanne, Payot, 1898. — 33. **Le Ménage du Pasteur Naudié**, in-18, Paris, Fasquelle, et Lausanne, Payot, 1898. — 34. **Nouvelles Etudes sur le XIXe Siècle** (Alphonse Daudet ; M. Anatole France ; Victor Hugo et nos contemporains ; Emile Hennequin ; Arnold Boecklin : Shopenhauer et ses correspondants ; une tragédie de M. Sudermann ; M. A. Fogazzaro ; l'idéalisme contemporain ; les mœurs et la littérature d'information). In-18, Paris, Perrin, et Lausanne, Payot, 1899. — 35. **Morceaux choisis des Littératures étrangères**, in-18, Paris ; Hachette, 1899. — 36. **Au milieu du Chemin**, in-16, Paris, Fasquelle, et Lausanne, Payot, 1900. — 37. **Mademoiselle Annette**, in-16, Paris, Perrin, et Lausanne, Payot, 1901. — 38. **L'Eau Courante**, in-16, Paris, Fasquelle, et Lausanne, Payot, 1902. — 39. **L'inutile Effort**, in-16, Paris ; Perrin, et Lausanne, Payot, 1903. — 40. **Nouvelles Vaudoises** : *Luisita*, in-18, Lausanne ; Payot, 1903 ; 2. *Pernette*, in-18, Lausanne ; Payot, 1904 ; 3. *La Vigne du Pasteur Cauche*, in-18, Lausanne ; Payot, 1904. — 41. **Un Vainqueur**, in-18, Paris, Fasquelle, et Lausanne, Payot, 1905. — 42. **L'Indocile**, in-18, Paris, Fasquelle, et Lausanne, Payot, 1905.

PRÉFACES

1. **Ibsen** : Théâtre : *Les Revenants* ; *La Maison de Poupées*, traduit du norvégien par M. Prozor, préface

d'Edouard Rod, in-18, Paris, Savine, 1889 ; nouvelle éd. Perrin, 1899. — 2. **Louis Duchosal :** *Le Livre de Thulé*, poésies, avec une préface de M. Ed. Rod, in-16, Lausanne ; Payot, 1891, — 3, 4 et 5. Préfaces au Catalogue de la librairie Georg, Genève, 1891, 1892 et 1893. — 6. **Sudermann :** *La Femme en gris*, trad. (non signée) de l'allemand par A. Gladès, préface de Edouard Rod, in-18, Paris, Perrin, 1895. — 7. **Les Veillées des Mayens,** légendes et traditions valaisannes, par L. Courthion, avec une préface de Ed. Rod, illustrations de H. van Muyden, in-16, Genève, Eggimann. — 8. **Via Lucis**, journal posthume de Julia Brewster, préface par Ed. Rod, in-12, Paris, Perrin, 1898. — 9. **Scènes Valaisannes,** par L. Courthion, préface d'Edouard Rod, Lausanne, Payot, 1900, in-18. — 10. **G. de Reynold de Cressier :** *Au Pays des Aïeux*, lettre-préface de Ed. Rod, in-8°, Genève, Eggimann, 1902. — 11. **Louis Guéry :** *Reliquiæ*, préfaces d'Ed. Rod et C. Striensky, in-18, Genève, librairie H. Kundig et Paris, librairie Delaroque, 1905.

PÉRIODIQUES ET JOURNAUX FRANÇAIS

Nous indiquons ici les collaborations les plus actives, en nous bornant à signaler certains articles non recueillis en volumes, qui nous paraissent particulièrement significatifs.

Les Capitales du Monde, article de *Genève*, Hachette et Cie, Paris, sans date. — **Correspondant**, à partir de 1893 : *Le vicomte E.-M. de Voguë et la vie publique*, 25 *août* 1893 ; *Un Poète italien contemporain : Giacomo Zanella*, 10 sept. 1895 ; *Les Salons de 1895*, 25 mai 1895 : *Les lilas sont en fleurs*, 10 juillet 1895, etc. — **Cosmopolis** (1896-1898), articles trimestriels, « Les Idées et les Mœurs ». *La transformation de l'idée de Dieu*, février 1898, etc. — **Gaulois,** articles de critique littéraire : *Les Jeudis de quinzaine* (1896-1898). — **Figaro,** à partir de 1890 : *Le jeune homme moderne*, 5 janvier 1890 ; *Dilettantisme et Religion*, 13 avril 1890 ; *Œuvres à thème*, 27 décembre 1903 ; *Esprit de Race*, 26 février 1904 ; *L'His-*

toire et les Partis, 31 mars 1904 ; *Deux Pôles,* 20 avril 1904 ; *L'Attachement à la Vie,* 20 octobre 1904 ; *Rêverie au Vatican,* 7 février 1906 ; etc. — **Gazette des Beaux-Arts,** *Les Salons de 1898,* mai et juin 1898 ; *Un Poète de la Mort, le sculpteur Bistolfi,* juin 1904 ; *Les Souvenirs du château de Coppet,* janvier, mars et avril 1905, etc.— **Journal des Débats,** *Le Devoir et la Foi,* 12 janvier 1892 ; *La Jeunesse qui pense,* 14 septembre 1894 ; articles « Au jour le jour » et feuilletons littéraires de 1893-1897 ; *Contes chrétiens,* 15 juin 1902, etc. — **Le Jubilé centenaire de la Gazette de Lausanne,** in-8°, Lausanne, 1898. — **Nouvelle Revue,** *L'Homme de Lettres, Dialogue d'il y a dix ans,* 15 sept. 1890 ; etc. — **Paris Illustré,** *Une Mère,* roman, 28 déc. 1889.— 29 mars 1890 ; nouvelles. — **Le Parlement** (1881-1883), variétés ; articles « Le Mouvement littéraire », traduction du *Mari d'Hélène,* de Verga, etc. — **Revue Bleue,** à partir de 1882, V. *Excuses à Renan,* 8 février 1894 ; *Le Dernier Secret,* nouvelle ; *Henry Warnéry,* 24 janvier 1903 ; *Les Débuts de Mme Deledda,* 6 août 1904 ; etc. — **La Revue Contemporaine** (1885-1886), outre les ouvrages recueillis en volumes, nombreuses critiques littéraires signées Ed. R. — **Revue des Deux Mondes.** La plupart des romans publiés à partir de 1892 ont paru dans la Revue des Deux Mondes. Les articles suivants ne sont pas encore réunis en volumes : *La biographie de Dante, à propos de travaux récents,* 15 décembre 1890 ; *La jeune littérature allemande,* 15 avril 1894 ; *Le nouveau roman de M. Sudermann,* 15 mars 1895 ; *Le Jubilé d'un artiste bâlois : M. Arnold Boecklin,* 1er novembre 1897 ; *Une tragédie de M. Sudermann,* 1er mars 1898 ; *La nouvelle pièce de M. Giacosa,* 1er mai 1900 ; *Le théâtre de M. Max Halbe* (non signé), 15 mars 1901 ; *Le Néron de M. Boïto,* 1er juillet 1901 ; *Les drames brandebourgeois de M. de Wildenbruch,* 1er octobre 1901 ; *Du mien au tien,* 1er mars 1904 ; *Un nouveau roman d'Ada Negri,* 1er oct. 1904 ; *La Fête des Vignerons à Vevey,* 1er juin 1905. — **La Revue littéraire et artistique** (1881-1882), plusieurs articles « Le Mouvement littéraire à l'étranger » ;

Le Salon de Sculpture de 1881, 1er juin 1881, etc. — **La Revue réaliste,** 5 avril, 21 juin 1879. *De la morale dans le réalisme*, 26 avril, 3, 10 et 17 mai ; *Edmond de Goncourt*, 31 mai ; *Jean La Rue*, 7 juin, etc. — **Figaro Illustré.** — **Grande Revue.** — **Illustration.** — **Revue de famille,** puis **Vie contemporaine** (1888-1893). — **Revue indépeudante,** et divers journaux et revues de la Suisse et de l'étranger.

A CONSULTER

Marcel Ballot : *Figaro*, 14 août 1904 et 16 octobre 1905. — **André Bellessort :** *Journal des Débats*, feuilleton 5 mai 1900. — **Anton Bettelheim :** *Deutsche und Franzosen*, in-16, Wien-Pesth Leipzig, 1895, p. 274 à 280. (Faust als Hauvater). — **Albert Bonnard :** *Gazette de Lausanne*, Les Roches blanches, 1er février 1895, 1er et 2 avril 1902. — **Henry Bordeaux :** *Ames modernes*, in-18, Paris, 1895. M. Ed. Rod : Au milieu du chemin, *Revue Hebdomadaire*, 1900 ; *Semaine littéraire*, causerie littéraire, 27 juillet 1901 ; *Les écrivains et les mœurs*, in-18, Paris 1902 ; *Figaro*, 7 avril 1903. — **Ad. Brisson :** *Les Annales politiques et littéraires*, 3 février 1889 ; id. 7 août 1904. — **A. Bunand :** *Petits lundis*, in-18, Paris, 1890. — **Capuana Luigi :** *Lettere e Arti* (Bologne) : Intuitivismo, 15 février 1890 ; *Il Resto del Carlino* (Bologne), 23, 24 août 1901. — **Jules Case :** *Estafette*, 5 février 1889. — **Cena Giovanni :** *Nuova Antologia* (Rome), Edoardo Rod, 1er mai 1903. En tirage à part : 19 pages in-8°. — **F. Champsaur :** *Le Cerveau de Paris*, in-18, Paris, 1886, p. 19-27. — **J. Ernest Charles :** *De la littérature française d'aujourd'hui*, in-18, Paris, 1902 ; *Les Samedis littéraires*, in-18, Paris, 1903. 1re série, 2e série, Perrin, éd., 1904 ; 3e série, in-18, Paris, Sansot, id. 1905 ; *Revue Bleue*, 28 octobre 1905. — **André Chaumeix :** *Journal des Débats*, 29 mai 1904. — **Jules Cougnard :** *La Patrie suisse*, 26 février 1902 ; 20 mai 1903 ; 20 mars 1900. — **Maurice Delpeuch :** *La Pro-*

vince, le Hâvre et Lyon, M. E. Rod et ses critiques, juin, juillet, août 1902. — **Gaston Deschamps :** *Le Temps :* Un nouveau roman de M. Ed. Rod, Les Roches blanches, 5 février 1895 ; Plaidoyer pour la Poésie, 1900, 31 mai 1903. — **René Doumic :** *Journal des Débats,* 24 janvier 1895. Sur les *Roches blanches* de M. Ed. Rod ; *Les Jeunes,* in-18, Paris, 1896, p. 1-26 ; *Le Roman social,* 1904. — **Duchosal L. :** *Le Genevois,* 15 février 1889. — **Ed. Estaunie :** *La Gazette diplomatique,* 14 février 1889. — **Faccio Rina :** *Emporium, litterati cantemporanei,* Edoardo Rod, novembre 1903. — **Faguet :** *Propos littéraires ; La Liberté,* 15 mars 1900 (Hommes et œuvres) ; *Le Devoir* (Bruxelles), feuilleton, 4 juillet 1901. — **G. L. Ferri :** *Fanfulla della Domenica :* Il romanzo nel secolo XX a proposito di Un vainqueur, Rome, 30 octobre 1904. — **Anatole France :** *La Vie littéraire,* 3e série, in-18, Paris, Calmann-Lévy, 1891. — **A. Freymond :** *Revue de Belles-Lettres,* Edouard Rod : étude psychologique, Lausanne, avril et mai 1901. — **E. Gilbert :** *Le Roman en France pendant le* XIXe *siècle,* in-18, Paris, 1896 ; *En marge de quelques pages,* in-18, Paris, 1900 ; *Revue générale,* juin 1900. « M. Rod et les responsabilités de l'écrivain. » *France et Belgique,* in-18, Paris, Plon, 1905. — **Louis Gillet :** *Journal des Débats,* 1er novembre 1905. — **Edmund Gosse :** « A french novelist », *Daily Chronicle,* 11 juin 1904. — **Georges Goyau :** *Le Gaulois,* 5 novembre 1905. — **André Hallays :** *Journal des Débats,* 26 février 1889 ; id. 13 mai 1903. — **Emile Hennequin :** *Quelques écrivains français,* in-18, Paris, 1890. — **Jules Lemaître :** *Les Contemporains,* 5e série, in-8o, Paris, 1892. — **G. Lanson :** *Hestoire de la Littérature française,* 3e édit., p. 1094. — *Literary Digest :* New-York, 15 avril 1899. — **Mantovani Dino :** *La Stampa,* Turin, 1er juillet 1903 ; *Letteratura contemporanea,* la morale di Edoardo Rod, in-18, Torino, Roma, 1903. — **P. et V. Margueritte :** *La Revue,* l'art social, 15 mai 1900 ; *La Dépêche de Toulouse,* 27 octobre 1905. — **E. Masi :** *Donne di storia e di romanzo,* in-18, Bologne, 1903. — **C. Maurras :** *Observateur français,* 28 avril 1889. —

Neera : *Il Marzocco*, Florence, 16 février 1902. — **G. Negri** : *Segni dei Tempi*, in-18, Milan, 1897. — **U. Ojetti** : *Corriere della Sera*, Milan : la responsabilità dello scrittore, 1900. N° 170. — **Pardo-Bazan** (Mme Emilia) : *La Espana moderna*, Eduardo Rod come novelista, Madrid, janvier 1898. — **Abel Pelletier** : *Revue indépendante*, M. Edouard Rod, novembre 1891. — **Georges Pellissier** : *Etudes de littérature contemporaine*, in-18, Paris, 1898 ; id. 2e série, Paris, 1905 ; *le mouvement littéraire contemporain*, in-18, Paris, 1901 ; *la Revue*, 1er juin 1903. — **G. Pipitone Federico** : *Il naturalismo contemporaneo in letteratura*, la genesi e i fattori del pessimismo nella letteratura moderna, Eduardo Rod, in-18, Palerme, 1886 ; *Note di letteratura contemporanea*, in-12, Palerme, 1891. — **Platzhoff Lejeune** : *Neue Zürcher Zeitung*, feuilleton, 28 juillet 1903 ; id. 6 juillet 1904. — **Rampica** (Campari Giuseppe) : *Vita moderna*, Milan, 22 mai 1892 ; *Eduardo Rod*, *Indiscrezioni* (avec portrait). — **Ch. Recolin** : *Revue bleue*, M Edouard Rod, 12 janvier 1895. — **Georges Renard** : Critique de combat, 2e série ; *Revue* (Lausanne), 28 juin 1904. — **Eugène Ritter** : Notice généalogique sur la famille de M. Edouard Rod ; *Revue historique vaudoise*, t. VIII, p. 72-78. — **F. de Roberto** : *Corriere della Sera*, 15 octobre 1904 ; *Fanfulla della Domenica*, 24 janvier 1889. — **J. E. Roberty** : *Journal de Genève*, 30 juin 1901 ; id. 7 février 1902 ; id. 24 avril 1903. — **Virgile Rossel** : *Le National Suisse*, 27 février 1902 ; *Revue du Dimanche*, Lausanne, 18 août 1901 ; 28 juin 1903. — **D. Russo** : *Il Momento*, Turin, 17 juin 1904. — **A. Sabatier** : *Journal de Genève*, 9 août 1885. (La course à la mort), 20 janvier 1889. (Le sens de la vie), 2 février 1890. (Une préface et un roman), 5 juillet 1891. (Les idées morales du temps présent), 15 janvier 1893. (La vie privée de Michel Teissier), 25 février 1894. (La seconde vie de M. Teissier), 27 janvier 1895. (Les Roches blanches), 14 février 1897. (Là-Haut), 17 juillet 1898. (Le ménage du pasteur Naudié), 13 novembre 1898. (Essai sur Goethe). — **Michel Salomon** : *Journal de*

Genève : Un vainqueur, 4 juillet 1904 ; L'Indocile, 29 octobre 1905. — **F. Sarcey :** *Le parti national*, 22 février 1889 ; id. 8 novembre 1889 ; *Revue illustrée*, la vie privée de M. Teissier, t. 15 ; la seconde vie de M. Teissier, t. 17 ; les Roches blanches, t. 19. — **Edmond Scherer :** *Etudes sur la littérature contemporaine*, in-18, Paris, 1895. — **Schott Sigmund** : *Beilage zur allgemeinen Zeitung*, Munich, 2 juillet 1903. — **Fredrich Schwend** : Das Neuchristenthum in der franzosischen Litteratur, *Die Grenzboten*, 16 novembre 1899. Leipzig. — **Ch. Secretan** : *Essais de philosophie et de littérature*, Lausanne et Paris, in-18, 1896. — **Ernest Tissot** : *La Suisse romande illustrée*, notes et souvenirs, les Roches blanches de M. Ed. Rod (avec deux portraits), 1er février 1895. — **C. Vergniol** : Edouard Rod, *La Quinzaine*, 16 déc. 1905, 15 janvier 1906. — **Felix Vogt** *Neue Zürcher Zeitung*, 21 et 23 février 1889 ; *Frankfurter Zeitung*, philosophische Romane in Frankreich, feuilleton, 8 juin 1889. — **Vicomte E. M. de Voguë** : *Revue des Deux-Mondes*, (les cigognes), 15 janvier 1902, et *Heures d'histoire*, in-18, Paris. — **J. V. Widmann** : *Die Nation*, 1900, no 25 ; Eduard's Rod, neuseter Roman ; au milieu du chemin. — **Emile Zola** : *Une campagne*, 1880-81, in-18, Paris, 1882 ; Protestantisme, p. 282.

TABLE

TEXTE

ILLUSTRATIONS

Imp. A. Lemercier, 5, Rue Yvers, Niort.

www.ingramcontent.com/pod-product-compliance
Ingram Content Group UK Ltd.
Pitfield, Milton Keynes, MK11 3LW, UK
UKHW021313190726
13839UKWH00007B/1206

9 782019 909208